AQUARIUS

AQUARIUS

AQUARIUS

AQUARIUS

每個人心中都有一座島嶼，

藉文字呼息而靜謐，

Island，我們心靈的岸。

淺談

SHORT TALKS

安‧卡森 Anne Carson

陳育虹◎譯

國際好評

安・卡森第一本詩集《淺談》透露的訊息是：詩
壇出現了一個嶄新而獨特的聲音。

——喬・伊班・菲爾德
《第三空間：女性主義理論與文化期刊》

安・卡森《淺談》裡篇篇都是炫眼的寶石——有
的讓人迷惑，有的讓人感傷低迴，有的親密，有
的荒謬，大多古靈精怪。這本書呈現了多層次的
纖細感，能輕易讓人再拿起重讀。

——薇琪・齊格勒，卡卡書社

卡森別具隻眼的觀點，是《淺談》吸引人的原
因。

——芭芭拉・卡瑞，《加拿大著作》月刊

安‧卡森的《淺談》點慧，簡潔，誠摯。她以鑽石切割師般的精準文筆，小中寓大，讓每件作品的每個切面都閃亮，每個句子搖曳生姿。

——芮秋‧懷特

音色沉穩而簡潔，但從紙面躍出的意象，卻能以其清新引起共鳴，或超越共鳴引發震撼。「如果萬物有全然不同的命名呢？」這樣問著，我們意識到：萬物一旦得以正名，能如何煥發光芒。

——唐‧柯思

玻璃與熔渣──淺談安·卡森之斷流

◎瑪格麗特·克莉絲塔寇斯

安大略省並不在加拿大最北端,但如果你住在它上半邊的任何一個地方,就算只住半年,坐在廚房,面窗,看著安·卡森《玻璃,反諷與神》(1995)筆下那「遭冰雪癱瘓」的荒野,你就能體會那種靈魂受創的困境。冬季是心智的季節。別太自我膨脹以為你能掌控甚麼,能在百無聊賴中看到幻化──是四周的寂靜和縈繞不去的念頭,參與塑造了那幻化。

四月,寂靜凍結了一切。我去探望母親,坐在她寓居的薩伯里養老院廚房,思索安·卡森《淺

談》四十五篇長方形狀的，各自框現出片段人生情境，簡潔嚴謹，詩意而生動的作品。看著堊白效應下的北安大略冬天，一切就都清楚了：連結了那史詩般的外景和自我內在的，正是這個窗框。詩心是一個熔爐。想像因孤寂而沸騰。偏鄉的小鎮古有明訓：多想多煩惱。

關鍵是：有那麼一個代言者。《淺談》並不正面透露任何「我」的細節，書裡是間接的，表達各種人物角色的混聲合唱，其中許多獨白著力於，比如，描繪視覺藝術品或聚光空間幻覺裡的身體，那具身體可能是一個研究對象，可能赤裸在解剖刀下。它或者描繪歷史觀點，看敘事者如何架構出神諭般的威權；或者描繪身體和所在地的關係，包括觸礁的家和木棚屋；也或者描繪旅途中的身體，離去的，繼續往前的，從現實進入睡夢的身體。身體也經常在一些載具裡，藉著汽車、火車或電視機移動，穿越時空。我們往往被每首詩裡一個新的聲音驚醒，忍不住問「說話的是誰？」這種必須重複置身於陌生人中的情況，

詭異地熟悉。

我手上第一本《淺談》是1992年買的初版。對照卡森之後極具實驗性的跨類型創作，尤其是從現今的制高點回顧她逐漸衍生出的那些虛擬背景、重視聲調的詩作，再重讀《淺談》裡她創新的簡短散文詩，就十分有趣。《淺談》寫於卡森的風格由偏重抒情的想像劇場，轉往凸顯多重角色互動的舞台表演之前。根據這發展曲線，《紅的自傳》裡的怪獸傑瑞安就可以理解了。角色與代言者的表演，不只出現在卡森自己詩意的虛構創作裡，她現代化的希臘悲劇譯作，也推翻了那橫梗在抒情詩與戲劇、小說之間的界分。

過去幾十年，卡森一再做出示範，讓我們見識到古詩如何能從新詩的硬殼中脫穎而出。她的作品以創新、簡練、反預期的戲劇性、慾望、洞見、恐慌、恥辱、抗拒等特質著稱。而終於那個窗框崩裂開，大量的流洩，熔岩和火的侵襲堂而皇之地同時出現在卡森近期以蠻力重建的幾部作品裡——而牽動這一切的，是某些似曾相識、

不斷演變的人物；這些人物帶著宿命與體悟在一些平常卻神祕、極其隱私又密切相關的情況中互涉，有所交集。

* * *

思考關乎覺察。已經是四月末，光禿禿的枝椏仍然投射出怪異的藍色顆粒狀影子戲。哀傷和憤怒，我想，也一樣。在安大略北邊，視覺會捉弄人，放大我們對變形物體的注意力，在雪白大地上，它們清澈的影子不斷變化色彩──藍，靛藍，粉紫，皇家紫，灰，炭黑。

也許因為有窗為伴，重讀《淺談》，我為卡森對光、黑暗和影子的沉迷和領會而感動。一切隨視線的阻隔或抽象化而幻變，一如新印象派畫家秀拉的風格──「那地方在注意力的彼端」〈淺談分色主義〉，「睡眠的形狀」〈淺談防水〉，以及變成波濤的「藍三角」〈淺談總收藏〉。彷彿跟冬天景觀結合，她注意到光／色掩映的視覺效果，例如〈淺

談透視法〉「風景細小閃爍的平面」；注意到自然或化學的光效應，例如〈淺談庇護所〉裡發出磷光的魚心。光影折射也反映著精神狀況：〈淺談少年在夜裡〉那「聳動的火山岩漿在他靈魂上發光」；寫狡猾權力的道德假面，〈淺談碧姬‧芭杜〉中的她「用幾滴油……讓這奴隸發光」。〈淺談防水〉一篇，卡夫卡的妹妹在紐倫堡法案施行前，為了保護女兒和丈夫而決定離開。臨行，她的非猶太籍夫婿匪夷所思地用油脂幫她把鞋擦亮——「這樣它們就防水了，他說。」

卡森曾說素描對她的挑戰比寫作更大，讓她陷入更深。《淺談》裡多首詩用了視覺藝術的意象——素描程序、人物素描、透視表現、繪畫、雕刻、版畫複製和攝影。在觀察並記錄這物理世界的主題和場景時，作家和一些歐洲畫家如林布蘭、達文西、梵谷、克勞岱與布拉克等名字——出現，隨著視線或被遮蔽或被磨蝕，或迷失在沉思中，或被弄盲了，或視覺被扭曲了，或不再被看到了，消失了，被驅離了。詩中有耳熟能詳的後現代比喻，關於確

認或誤認，但也有一些實質的東西：一個天候區，一個方位，確實的凝視點。

　　從窗口外望，是的，我注意到，在冬天，在四月，在薩伯里，地平線的位置很難辨識。遠方的白線是一個黑洞，反之亦然。如果你想倚賴遙遠的地平線衡量未來，你就慘了。在那無從定位的渾沌邊緣，各種感覺相互溶融，相互排斥，產生出一個強烈的感知磁場；而我注意到卡森詩裡有同樣讓人驚異的共感，比如「吃光線」，「鳥聲……像珠寶」，「陽光如雷轟下」，「凝視著吶喊」，以及「從太陽下到陰暗處像水從腦殼澆下來」。

　　思索著《淺談》，我其他的北地感官經驗不時浮現：這本詩集的極簡，透露了形體的侷限，也讓我憶起天寒地凍時，在力所能及的短程步行中我耳朵的感受。每一腳踩碎的脆雪應和著行路人的步伐，一種聲波；另外，人的皮膚也快速變脆。言簡意賅對身體絕對必要；豔陽下高亢炫目的雪讓人接近視盲，腦子自然就想：快，沁進

去，小心雪光帶來的黑洞。玻璃是這樣製造的：白熾光，火焰在先，之後冷卻。

* * *

　　就某方面看，要連結《淺談》和卡森近期最極端的作品，比如《紅色檔案>》，有些困難；但寫於《淺談》同一時期的〈玻璃隨筆〉卻是卡森後來幾部小說、譯作和跨文類「透視圖像」式創作的先聲。2002年《巴黎論壇》刊登了一篇威爾‧艾金對卡森的訪談，談話中卡森謙稱〈玻璃隨筆〉有些地方寫得並不成功，但我想她這麼說是因為那是她早期的作品，帶著抒情告白風。〈玻璃隨筆〉裡的「我」是一個回鄉探望母親的女作家；她住在娘家，她的愛人「勞」跟她分手了。她對艾蜜莉‧勃朗特──那位一輩子與任何（活著的）男人（上帝有可能）似乎都沒關係（包括性關係）的女作家──很感興趣。字裡行間表達了一個觀念：「性的能量超越當下現

實」；那能量是一個悶悶，來自地底卻橫越大地；是一道虛擬的強光，能把孤寂擦拭一淨。勃朗特三姊妹也以「合體」出現在《淺談》裡。艾蜜莉的早逝，在活著的兩姊妹身上烙下了傷痕。

卡森筆下的艾蜜莉‧勃朗特說「關監禁的方式很多」。要把艾蜜莉移位到北安大略的冰湖也很容易，「裸藍的樹和褪色木般的四月天／以光之刃鑿刻我」，卡森讓艾蜜莉與我熟知的這極地景色有了危險的連結。〈玻璃〉形容艾蜜莉「不擅交際／連在家也一樣」，是一個「生澀的小靈魂」，「沒人抓得住」；寫的是「牢房／地窖，籠子，柵欄，勒馬繩，馬勒，門閂，腳鐐／緊鎖的窗，窄框，疼痛的牆」。

這樣的人物素描逼得我非把《淺談》從頭到尾重讀一遍。這集子的架構嚴謹，對歷史和時空延展中所發展出的濃縮語法，以及對片斷思緒的處置都很用心。貫穿全書的文化指涉，很容易讓人忽略掉那些家人之間溝通困難的交談。類似「別只顧自己」這樣的話，讓我感受到拐彎抹角的小

鎮氣息。而就算是當個「化身」也不盡安全。接近結尾時「告訴我」、「相信我」之類的話，絕對不可小覷。

小鎮。與艾金的訪談裡，卡森說因為父親在銀行工作，從小她就在安大略小鎮和小鎮間遷徙。夏至日出生的她（如假包換巨蟹邊緣的雙子座！）浸淫拉丁文希臘文的青春期，是住在安大略頂端的希望港。但顯然，更早她的家位於離都市更遠的石頭角（靠近溫莎市，夠冷的，是個有伐木歷史的小鎮，近年較多原民居住正義活動）。她也住過天明市（位於真正的寒冬藍帶區——1958-59冬天，比如說，當地從十月一日開始下雪，五月十七日才停）。有一年學校冬季旅行，我去了天明市。天哪，北安大略還真有這麼個小鎮。

除了以史詩般的寒冬著稱，在二十世紀中葉，天明市也是一個全球金礦的產業中心：原始，四處是坑道，地上經常堆著土，堆得鼓鼓的，再被碾磨碎，為了錢。這是個被工業掩蓋住的沼澤區，傾倒熔渣的場景看來像某種類型電影。知道

了這些，又怎能不去重新檢閱〈淺談蘭花〉呢？「我們靠挖隧道活下去因為我們全被活埋了」。由前窗我注意到老家盆地上那熔渣堆起的地平線。小時候每晚都看得到橘光閃閃的渣滓從地上煉鎳運輸管一瀉而出。當年去遠足，一身寬鬆衣褲，手拿冰淇淋，坐上旅行車去看類似火山噴發的奇觀就覺得心滿意足。管它甚麼塵歸塵土歸土。一次次你想像你凍僵的身體被黏乎乎的火焰吃掉。還有比這更糟，或更美，的死法嗎？

雖然卡森展現了鋼鐵紀律，落筆既不熱也不冷，《淺談》卻透露出某種幾乎無止境的，深埋的，地質結構性的情緒能量。這埋藏著的憤懣在〈玻璃隨筆〉裡稍微接近地表一些：書中敘事者夢中的火山，是怒火，「藍色黑色紅色噴開了火山口」；另有一篇的論述也類似《淺談》：「我想再漂亮一次，她低聲說」；「我想詛咒那個說我會永遠愛你的損友。關門。砰！」她寫的是艾蜜莉詩裡滿布的哀怨。她納悶艾蜜莉的生活與世無爭，為什麼會「對人失去信心」。她說知道自

已為什麼心懷恨意：失去「勞」，感覺被愛情出賣，那晴天霹靂的一刻確實傷透了她。

《淺談》有多首詩寫思考者的孤獨，有時指向那心不在焉的參與人或替身，比如〈淺談對音樂失望〉。〈玻璃〉更公開指出艾蜜莉‧勃朗特的詩有多處淺淺談到孤獨：「此心自幼已死／無淚，只為釋放肉身」。敘事者推測「讓上帝介入是避開孤獨的一種方法」，勃朗特的孤獨存在於某種她跟「汝」（她的上帝）的永恆對話之中，而她也因此有上帝為伴。敘事者還加了一段插曲：十一歲時在汽車後座（六〇年代小家庭經典畫面），她試著弄懂父母曖昧的交談；之後無意中又聽到母親講電話：「女人噢，多數時間臉頰被親一下就滿足了，而男人哪，你知道！」

〈玻璃〉的敘事者對照顧年邁父母，或跟父母保持安全距離有甚多著墨：去療養院探訪生病的父親，回家，住娘家，話家常。母親一再警告她夜晚把窗簾拉緊；父親患了失憶症，不認得女兒，電話上完全不知所云：「他對著我們之間

某個空氣人說一堆話／用只有他自己懂的語言／……這樣已經三年了。」

　　時間造成父親身體上的雙流變化。「住院後他身體縮成了骨架房子／除了那雙手。那雙手持續長大。」類似的手也鬼魅般出現在卡森的〈淺談安眠石〉。書裡很多其他的困境來自難言之隱，比如「玷汙……引起聲帶腫脹」〈淺談摘花〉；或由於聲音被壓抑，比如卡夫卡：療養院裡不能說話，於是他「在整個地板上寫滿了玻璃句子」〈淺談修正〉。書裡也談到用密碼交談表示反抗；談到自欺，犯罪，矇騙，和各種懲罰（包括驅逐）；談到跟命運的角力，為命運的多舛而不甘，或者和觸礁的，今昔混淆、錯了位的人生對峙〈淺談何處旅行〉；談到絕處逢生，像〈淺談鱒魚〉裡那少數「剩餘的鱒魚……在水深處過冬」。

　　去探望我那患了「中風後語言錯亂症」說話極度錯亂的母親時，我心裡有股憤怒；憤怒是動力，有助詩裡選角的深度。

　　　　*　　*　　*

　　雖然卡森《玻璃，反諷與神》中那篇廣為人知
的〈聲音的性別〉碰觸到一些女性議題，比如：
被社會扼殺的性趣，火山般的傷痛，燒結的憤怒
等；《淺談》對這些議題的處理則更有新意，更
集中，不落於象，更不涉及性別。它跳躍過身體
的限制，變化多端，像聲音一樣自然順暢，也
避開了〈玻璃隨筆〉結尾時以一個身體受折磨的
裸女，把悲哀、憤怒、羞辱等情感具象化的那種
浪漫主義式默劇的表現法。少了外在皮相，「本
我」反而得以保持流動，歷久彌新。

　　讀者手上這本《淺談》，我認為，是一部
獨特的，彷彿熔渣的詩集，它來自年輕卡森
飽滿的建構能量，具體呈現出北安大略採礦小
鎮的寒冬心境。為了研究這位以愈見「難解」
出名的作者，為了探索她文學的鍛鑄過程，包
括她在地球物理學和超視覺世界的嚴格養成，
再次來回索讀卡森創作之初同期的作品，讓人

驚異。一如《淺談》裡已然可見，卡森以她全部的創作，持續挖掘那熾白的外科手術式的意象，意象的地表和底層，映照出一個工業化安大略的根柢。而因為機緣，或規劃，藉著一些古典的冷幽默，那整個世界最古老的水源終於現跡：就在2013年，就在天明市下方2.4英里深的礦坑鑿孔，有清泉一湧而出。

（2014於薩伯里）

作者序1992

　　某天早晨文字消失了。那之前，文字非文字。事實曾經，臉曾經。亞里斯多德有篇精彩故事告訴我們，眼前發生的每件事都會被另一件事擠壓。某天有人注意到星星存在但文字不在了。為什麼？我問過很多人。這是個好問題我想。三個老女人彎著身子在野外。女人說問我們有用嗎？好吧但很快就水落石出：她們對雪原和綠秧子和俗名「大膽」的大理菊（有些詩人還誤以為是三色堇）簡直瞭若指掌。我開始把但凡說過的抄下。那些記號逐漸構成自然的瞬間，免去了故事的無聊，這正是我要強調的。無論如何我得避開無聊。這是一生的使命。人永遠懂得不夠，做得不夠，永遠不定詞和分詞用得不夠怪，煞車踩得不夠猛，念頭甩開不夠快。

用五十三篇手札我抄下但凡說過的，距差極大的一些事。我每天同一時段讀這札文字，直到昨天有人來取件。裝箱。封箱。然後我們一起看風景。解說其實很清楚。我只是在仿傚一面鏡子，鏡面如水——但水可不是鏡子，這樣想很危險。事實是我一直在等它們離開，我好動手填補漏寫的部分。也因此我扣留了三篇，藏著。我得謹慎處理筆下敲定的那些。亞里斯多德談到可能性和必要性，但要出人意表才好，故事裡沒有毒龍才好。好吧人永遠做得不夠。

目次

淺談

Short Talk on Homo Sapiens

淺談智人

用細刀工，克羅馬儂男人在他的工具把柄上記下月亮的每個面貌，一邊刻，一邊想著她。一些動物。地平線。水盆裡的臉。經常故事說到某個節骨眼，我就矇了，說不下去了。我恨那個節骨眼。這就是為什麼大家叫說故事的人盲人——一個笑柄。

Short Talk on Hopes
淺談希望

我希望能盡快住進一棟橡皮屋。想想那樣從一間
房到另一間房有多快！一個彈跳就到。我有個朋
友兩隻手在打仗時融掉了，因為燒夷彈。現在他
得重新學習在餐桌上遞麵包。能學就是活著。今
天晚上我其實想約他到家裡。能學就是活著，色
彩是一樣的。他會這樣說。

• 秀拉（Georges-Seurat, 1859-1891），法國新印象派畫家，1884年創分色主義點彩畫派。〈大碗島的週日午後〉（*Un dimanche après-midi à l'Île de la Grande Jatte*）是其最著名畫作。

Short Talk on Chromo-Luminarism
淺談分色主義

陽光讓歐洲人慢下來。看看秀拉畫裡那些著了魔
的人。看看那位先生，一動不動坐著。歐洲人都
去哪裡「迷思」呢？眼花撩亂的老傢伙秀拉已經
把那地方畫出來了。那地方在注意力的彼端，一
趟冗長懶散的航程從這裡出發。那邊是星期天，
不是星期六下午。這點秀拉用特別的方式表示得
很清楚。如果我們追問，他會不耐煩地說那是我
的方式。他逮到我們急慌慌穿過那綠得發涼的陰影
像是姦夫淫婦。河，張開又閉緊它石頭的唇，逼
著秀拉到它唇邊。

Short Talk on Geisha
淺談藝伎

藝伎與性的問題向來很複雜。有些做，有些不做。事實上，你知道，最早的藝伎是男人（小丑和鼓手）。他們連珠炮的台詞能逗得觀眾大樂。但到了1780年，「藝伎」就指女人了，而茶館這迷人的行業悉歸公營。有些藝伎是藝術工作者，自稱「白色」；其餘那些會取個花名，比如「貓」或「酒杯」，每晚在河邊搭個小棚子，天一亮就消失。重點在於有個朝思暮想的人。或者被褥子很長，或者夜晚太長太長，或者你被安排在這地方睡那地方睡，等個甚麼人，一直等到她來，草地簌簌作響，一顆番茄在她手心。

- 葛楚・史坦（Gertrude Stein, 1874-1946），美國詩人作家、藝術收藏家。

Short Talk on
Gertrude Stein About 9:30 P.M.

葛楚・史坦淺談晚上9:30

怪事。真搞不懂！今天就這樣沒了。

淺談他的繪畫技巧

他鼓勵我在畫室隨便走動。不要我擺姿勢。畫的
時候不看紙。畫在地板上。跟隨著線條他會說，
注意四周。手臂瘦讓臉更哀傷。一邊形容陰影他
狡猾兮兮的，縮小了。

淺談住房

如果你是無殼蝸牛，我會這麼建議：戴幾頂帽子，也許三頂，或四頂。碰到下雨下雪，就把那（幾）頂淋溼的摘了。其次是：做屋主牽涉到某些儀式，儀式的主要目的是區隔橫豎高低。在你屋子裡，一天的開始是「起來」，夜裡你就「躺下」。彼得老叔來你家喝茶你「調高」聲量，因為近來他的聽力逐漸「低弱」。如果他老婆一起來，你最好以「高標」清理廚房客廳，免得被她「看低」。看著他們倆並肩坐在沙發分抽一根菸，你不由得情緒「高昂」。到了屋外，這種上下模式也能以服裝設計的橫豎線條表達。線條不難畫。帽子不需要太多裝飾，身為帽子它們自然會在你頭上「堆高」，只要你弄懂我最初的指示。

· 普羅高菲夫（Sergei Prokofiev, 1891-
1953），俄國鋼琴家、作曲家、指
揮。

淺談對音樂沮喪

普羅高菲夫病了，沒法參加演奏，得由旁人彈他
的〈第一號鋼琴奏鳴曲〉。他是用電話聽的。

Short Talk on Where to Travel
淺談何處旅行

我去了個廢墟一樣的地方旅行。三道大門卡死，
一面牆倒塌。也不是甚麼特別的廢墟。就是到了
那麼個地方撞了毀了。之後它就一直是個廢墟。
光線朝著它墜下。

- 哈辛（Jean Racine, 1639-1699），法
  國文豪，詩人，劇作家。
- 波特萊爾（Charles Pierre Baudelaire,
  1821-1867），法國詩人。

淺談為什麼有人為火車亢奮

就為這些名字北國聖塔菲鍍鎳線三角洲跳躍日線
核心區特選泰姬快車號為這敞亮長窗絨布椅這老
菸槍臥鋪車廂和月台那法國女人問隔著走道對我
望著你永遠搞不懂那頭頂開關的小燈那夜光蟲區
那小心翼翼的翻書聲當然囉我家那位很可靠就為
這藍色火車調度場紅色換軌警示燈這沒拆封的巧
克力棒這皺兮兮奇怪的腳踝襪加快車速每小時130
公里鏗鏘過橋壓擠著黑森林老花眼鏡讓她看來像
哈辛或波特萊爾那玩意我是永遠搞不懂了把他們的
陰影塞進她嘴裡天知道誰懂。

Short Talk on Trout
淺談鱒魚

俳句裡，按川端康成之說，對鱒魚有多種不同的形容。其中「秋天的鱒魚」、「生鏽的鱒魚」、「下沉的鱒魚」幾種是出自他的手筆。「秋天的鱒魚」和「生鏽的鱒魚」指那些已經產過卵的。精疲力盡，完全虛脫了，她們會往海底沉去。當然，川端補充說，偶爾也有鱒魚留在水深處過冬。這些，就叫「剩餘的鱒魚」。

• 奧維德（Ovid, 43BC-18AD），
羅馬詩人，與維吉爾（Virgil, 70-
19BC）、賀拉斯（Horace, 65-
8BC）並列為拉丁文學三大詩人。

Short Talk on Ovid
淺談奧維德

我在那裡見到他的那一晚類似今晚而微涼，月亮
撫過幽暗的街道。他吃了晚餐走回房間。收音機
放在地上，綠色調頻鈕柔光閃動。他在桌前坐
下，那些流亡在外的人總是寫一堆信給他。奧維
德這時哭了。每晚一到這時，就像穿衣服一樣他
穿上哀傷的心情，動筆。找到空檔他會自修當地
語言（吉悌語），好寫出一首永遠不會有人讀的
史詩。

Short Talk on Autism
淺談自閉症

她聽不太清楚醫生說甚麼那高大開朗灰色的女人
說話劈里啪啦比手畫腳攀岩打屁迴力鏢圓頂硬禮
帽。有沒有兄弟？跟我談談他？鉛筆尖吱吱響它
吃甚麼呢光線嗎比老鼠尖叫更刺耳把她的後牆切薄
變成甚麼呢它跳動藍色的而且抓緊他們把他們從根
部割斷現在漂浮在烏有之鄉的薄膜那裡甚麼呢流
浪遠遠的所有那些刀刃支離破碎她甚麼她一輩子
就這樣從對話中飛走並且吃繼續吃繼續這麼說吧
他們就在某個地方比如中央公園逍遙去做吃吃吃
誰知道甚麼壞事吃光線嗎？

・帕米奈迪斯（Parmenides, 515-
445BC），古希臘哲學家，認為宇
宙有一名為「一」的永恆真理，萬
物均為此「真理一」所衍生變化，
無非幻覺。所著《論自然》現僅存
殘篇。

Short Talk on Parmenides

淺談帕米奈迪斯

我們總自詡文明人。如果萬物有全然不同的命名
呢？比方說，義大利。我有個朋友叫安德里亞
斯，義大利人。他住過阿根廷，住過英國，也在
哥斯大黎加待過。不管住哪他都會邀人到家吃晚
飯。那可是大費周章的事。朝鮮薊義大利麵。水
蜜桃。他永遠笑臉迎人。如果義大利變成不樂意安
德里亞斯還能繼續周遊世界，像月亮用借來的光
四處晃蕩嗎？我怕我們並不真懂他說了些甚麼或
他的理論。比方說，如果每次他講「城市」，他
的意思是「幻覺」呢？

Short Talk on Defloration
淺談摘花

生命的動作不太多。走進，走開，偷偷走，穿過
嘆息橋。當你玷汙我，那玷汙在我眼裡就是一個
動作。事情發生在威尼斯，它引起聲帶腫脹。我
低吼著穿過威尼斯一座座橋上橋下，但你已經
走了。當天稍晚我打電話給你兄弟。妳嗓子怎麼
啦？他說。

- 厄勒克特拉為希臘神話悲劇中邁錫
  尼國王阿格曼儂之女。阿格曼儂遠
  征特洛伊以奪回弟婦海倫，行前將
  長女祭獻海神以求順風。戰後阿格
  曼儂攜特洛伊公主歸鄉，妻子懷恨
  與小叔共謀殺夫；厄勒克特拉為父
  復仇而弒母。心理學名詞「Electra
  Complex戀父情結」即用其名。

淺談大事小事

大事包括風，罪惡，驍勇的戰馬，前置地位，用之不竭的愛，老百姓選國王的方式。小事包括爛泥巴，各種哲學流派的名字，鬧情緒或沒情緒，恰當的時機。一般而言大事比小事多，而小事其實比我上面列出的多，但列出來會讓人沮喪。想到你正在讀這段文字，我可不希望你入了圈套，讓玻璃襯底的鐵絲網隔離了你的現實生活。像那位厄勒克特拉女士。

・布拉克（Georges Braque, 1882-
1963），法國畫家。與畢卡索共創
立體畫派。

淺談透視法

一個壞招式。不正確。不誠實。布拉克這麼認為。為什麼？布拉克反對透視法。為什麼？布拉克覺得花一輩子時間畫人像側面，到頭來會以為人只有一隻眼睛。布拉克想完全占有他的對象。這些他在訪談裡一說再說。看著風景細小閃爍的平面愈來愈模糊不受掌控，他滿懷失落把它們全砸了。自然之死。靜物，布拉克說。

Short Talk on
Le Bonheur D'être Bien Aimée

淺談受寵之樂

每天每天我一醒來就想你。有人把鳥聲像珠寶一顆顆懸掛在半空。

‧ 碧姬‧芭杜（Brigitte Bardot, 1934-），
法國電影明星，性感偶像。晚年關心
動保。

淺談碧姬‧芭杜

碧姬‧芭杜壓低了身子四處搜尋。她想找甚麼？一個奴隸？好滿足她的飢餓感再拍幾張寫真？是誰的奴隸？她可不在乎。她從來不自責。用幾滴油她就能讓這奴隸發光。太棒了。瘋狂。她私底下想。

- 卡夫卡（Franz Kafka, 1883-1924），
  猶太裔捷克小說家，著有《變形
  記》、《審判》等。
- 菲莉絲（Felice Bauer, 1887-1960），
  卡夫卡未婚妻。

淺談修正

卡夫卡喜歡把錶撥快一個半鐘頭。菲莉絲每次都把它調回去。就這樣五年他們還幾乎結了婚。他列過一長串結婚／不結婚的好處壞處，包括個人生活能免受干擾（好），或十點半爸媽睡衣還攤在床上（壞）。大出血救了他一命。因為聽勸在療養院醫生面前別說話，他在整個地板上寫滿了玻璃句子。其中一句是：菲莉絲太空洞了。

- 梵谷（Vincent van Gogh, 1853-1890），荷蘭畫家，後印象畫派。

Short Talk on Van Gogh

淺談梵谷

我喝酒是想了解黃色的天空那偉大的黃色天空，
梵谷說。當他看著世界，他看到釘子，把顏色釘
上物體的釘子。他看到釘子的痛。

・卡蜜兒・克勞岱（Camille Claudel,
1864-1943），法國雕塑家，羅丹
（Auguste Rodin, 1840-1917）助
手、情人。2017年塞納河邊的諾郡
（Nogent-sur-Seine）成立卡蜜兒・
克勞岱美術館，典藏其遺作七十餘
件。

Short Talk on Sleep Stones
淺談安眠石

卡蜜兒‧克勞岱的最後三十年是在精神病院度過的。想不通為什麼,她寫信給送她進院的詩人弟弟。來看看我吧,她說,別忘了我跟一群瘋女人住在這裡,日子很長。她不抽菸不走動。拒絕雕刻。雖然他們給了她一些安眠石——大理石,花崗石,斑岩——她把它們全砸了,到了夜晚再把碎片埋在牆外。夜裡,她的手會長大,愈長愈大直到相片裡那雙手看來像別人的器官,擺在她膝蓋上。

Short Talk on Walking Backwards

淺談倒著走

我媽不許我們倒著走。死人才這麼走她說。她這想法哪來的？可能是翻譯錯誤。死人，畢竟，不是倒著走而是跟在我們後面走。死人沒有肺，喊不出聲，偏又渴望我們轉個身。他們之中很多是愛情犧牲者。

- 《紐倫堡法案》為納粹德國1935年
  頒布的反猶太法律，禁止德國人與
  猶裔結婚，並褫奪猶裔公民權。
- 奧斯威辛（Auschwitz）是納粹所建
  集中營，位於波蘭南部同名小城。
  估計約有110萬猶裔在此遇害。

Short Talk on Waterproofing
淺談防水

卡夫卡是猶太人。他有個妹妹，歐德拉，猶太人。歐德拉嫁給一個法官，約瑟夫大衛，非猶太人。1942年紐倫堡法案開始在波西米亞—摩拉維亞地區施行，沉默寡言的歐德拉建議約瑟夫大衛他們離婚。一開始他拒絕。她提到睡眠的形狀，財產，兩個女兒，和一個理性的處理方式。她沒提到奧斯威辛——1943年十月她的葬身地——因為當時她還沒聽過那名字。打掃乾淨公寓，打包好她的帆布袋，臨走前約瑟夫大衛替她把皮鞋擦亮。鞋面塗一層油。這樣它們就防水了，他說。

- 蒙娜麗莎（Lisa del Giocondo, 1479-1542），義大利文藝復興時期畫家達文西（Leonardo da Vinci, 1452-1519）名作〈蒙娜麗莎〉畫中人。作品完成於1503-1506年間。

Short Talk on Mona Lisa
淺談蒙娜麗莎

每天他把他的困惑倒給她，就像你把水從一個容器倒進另一個，而它又往回倒。別跟我說他畫的是他老媽，或慾念，之類。有那麼片刻，水不在這一個容器也不在另一個——這簡直能渴死人，而他以為等哪天畫布一片空白了，他就會停筆。但女人可強了。她懂容器，她懂水，她懂致命的渴。

- 林布蘭（Rembrandt van Rijn, 1606-1669），荷蘭油畫、蝕版畫家。

Short Talk on The End

淺談結局

「光」和「打光」有甚麼差別？林布蘭有一幅蝕版畫〈三個十字架〉，畫裡有大地，有天空，有髑髏山。時間的分秒如雨降落其上，蝕版變得更暗，愈暗。林布蘭及時喚醒你，看到物質脫離了它的形狀。

- 希薇亞・普拉斯（Sylvia Plath, 1932-1963），美國告白詩派詩人。與英國詩人泰德・休斯（Ted Hughes, 1930-1998）婚後赴英。因婚姻破裂及憂鬱症輕生。

Short Talk on Sylvia Plath

淺談希薇亞・普拉斯

你看過她母親上電視嗎？她會說些簡單的，燒焦
的事。她說我想那首詩很好但它傷了我。她沒提
害怕叢林。她沒提憎恨叢林蠻荒的叢林哭泣砍掉
它往後砍掉它。她說自我管理她說路的盡頭。她
沒提你要來砍掉的半空中的嗡嗡嗡。

- 《包法利夫人》（*Madame Bovary*）為法國寫實主義小說家福樓拜（Gustave Flaubert, 1821-1880）成名作，1856年出版。

淺談閱讀

有些父親討厭閱讀但喜歡全家旅遊。有些孩子討厭旅遊但喜歡閱讀。好笑的是他們經常在同一輛車上。在《包法利夫人》的段落間，我瞄到了洛磯山脈輪廓清晰的寬肩膀。雲影沿著她兩脅的冷杉，懶懶遊蕩過她的岩石喉嚨。這以後，每次看到女人身上的寒毛，我就禁不住想：落葉林？

淺談雨

我離開的那個夜晚比黑橄欖更黑。一路奔跑越過
幾座皇宮我開心得有點怪，天開始下雨。這些迷
你形體無論如何可真是巧思。數著數著我就迷路
了。是誰最先有這創意的？他怎麼跟人形容它？
海上也正下著雨。沒打到任何人。

- 密爾頓（John Milton, 1608-1674），
  英國詩人，無韻體史詩《失樂園》
  （*Paradise Lost*）作者。對元配所遺
  三個女兒管教嚴厲。

Short Talk on Vicuñas

淺談駱馬

駱馬，神話般的一種動物，在祕魯北部火山區適應得還不錯。烈陽如雷往牠們身上轟，就像密爾頓對待他的女兒們。聽到嗎？——她們正憋著氣在數。當你舉起你的斧頭，聽。蹄聲。風。

- 諾亞（Noah）為《聖經》〈創世紀〉中一名族長，聽從上帝指示打造一艘方舟，帶領各類動物躲過洪水淹沒。

淺談總收藏

從小他就夢想能保存世上一切東西，一件件整齊
排列在他的櫃子、書架上；一樣都不許缺，不許
消失，不許短少任何一部分。指示來自藍三角上
的諾亞船長。當這完全暴烈的品目收藏在他身邊
愈堆愈高，吞沒了他的生活，它們就成了旁人口
中的洪水，淹死了一整個世界的旁人。

- 夏綠蒂（Charlotte Brontë，1816-1855），英國小說家，《簡愛》作者。
- 艾蜜莉（Emily Brontë, 1818-1848），英國小說家，《咆哮山莊》作者。
- 安妮（Anne Brontë, 1820-1849），英國小說家，《荒野莊園的房客》作者。

Short Talk on Charlotte

淺談夏綠蒂

勃朗特小姐、艾蜜莉小姐和安妮小姐經常在禱告後放下女紅，三個人前腳跟後腳繞著起居室桌子走動，走到近十一點。艾蜜莉小姐一直走到她再也走不動。她死後，安妮小姐和勃朗特小姐繼續走——現在，一聽到勃朗特小姐走動我就心痛，聽她繼續走，一個人。

Short Talk on
Sunday Dinner with Father

淺談週日和老爸吃晚飯

妳會把椅子放回原位，還是讓它像個子宮留在那兒？（六月裡我們的陽台微風徐徐。）這頓晚飯，你要我們看著你那張慾望糾結的苦瓜臉，還是把自己弄乾淨了，讓我們至少能好好享受甜點？（我們用純銀的家規壓住桌上所有東西的邊角。）妳要在啄木鳥頭皮上扯開妳的破鑼嗓，像每星期天晚上妳的老招數，還是安靜坐著聽蕾蒂西亞吹單簧管？（我爸習慣抽一種雪茄，牌子叫「永恆的星期天」，那個鳥頭標本是他的菸灰缸。）

淺談少年在夜裡

少年在夜裡不自主地繞著吶喊聲打轉。那聲浪從
市中心帶著溫度和肉體的玫瑰池回望他。聳動的
火山岩漿在他靈魂上發光。他開著車，目不轉睛
盯著看。

- 黑燕Jores（"Black Jan" Fonteijn van Dienst, 1633–1656），小裁縫，法蘭德斯人。
- 戴門醫生（Dr. Jan Deyman, 1619–1666）。

淺談戴門醫生的解剖課

太冷太冷的一個冬天，在布里街從太陽下往陰暗
處走，你能感覺溫差像水從腦殼潑下來。正是那
鬧饑荒的1656年冬季，黑燕遇到一個叫歐姬的妓
女，兩個人過了一段順心日子。不幸的是，在那
冰凍的一月某一天，有人看見黑燕搶了某布商的
家。他逃跑，跌跤，用刀刺了一個人，然後上了
絞刑台，在那個月底二十七號。他之後的遭遇你
們應該都知道了：那種冷天正適合戴門醫生用他
醫學的火眼金睛研究黑燕，研究個三整天。我們
不清楚歐姬到底有沒看到過林布蘭那幅畫——在
那粗暴的正面透視角度的畫裡，她那賊仔情人的
光腳丫幾乎要碰到他被劈開的大腦。切，切，深
入進去找到問題的根源，戴門醫生說，一面動手
把左腦右腦像頭髮般往兩邊分。哀傷，摸索著，
從中出現。

- 艾蜜莉・狄金遜（Emily Dickinson, 1830-1886），美國詩人，一生不曾離開她位於麻省安默斯特的出生故居。

Short Talk on Orchids
淺談蘭花

我們靠挖隧道活下去因為我們全被活埋了。失根
的蘭花啊，依我之見，你們挖的隧道將來看看會
很怪，毫無目的。但那香氣卻氤氳不散。艾蜜
莉·狄金遜1883年一封信裡有這麼一段：幾天前
一個小男孩跑了，離開阿默斯特，問他要去哪，
他回說佛蒙特或者亞洲。

・杜斯妥也夫斯基（Fyodor Dostoyevsky,
 1821-1881），俄國文豪，著有《罪與
 罰》等小說。

淺談勞改

我痛恨這群土匪！一位名叫M斯基的貴族某天在歐姆斯克散步，路過目光炯炯的杜斯妥也夫斯基，丟下這麼句話。杜斯妥也夫斯基走回屋裡，腦勺枕著雙手，躺下。

淺談夢中悟真理

突然悟出的一個真理讓我清晨四點醒來：掌控*grip*
唸成*絞痛gripe*只適合用在大城、小鎮和聚落；而
*絞痛gripe*唸成掌控*grip*則適用在人身上。夢裡我看
到這真理的兩端以一條三英里長，由女人頭髮編
成的繩子相連。原來能一併解決的各種男女靈魂
謀殺問題卻在我拉緊繩子的瞬間斷裂全數墜回我
沉睡的石縫。我們又變成一半一半，成了語言的
殘樁。

- 賀德林（Friedrich Hölderlin, 1770-1843），德國浪漫主義詩人、譯者、哲學家。醉心古希臘文學。1806年始即為思覺失調症所苦，直至離世。
- 希臘神話中，底比斯國王伊底帕斯（Oedipus）因命運捉弄弒父娶母，真相大白後其母自盡，他則自刺雙目而盲。心理學中「戀母情結」（Oedipus Complex）一詞即用其名。

Short Talk on Hölderlin's
World Night Wound

淺談賀德林世界之夜傷

伊底帕斯王或許偏偏多了一隻眼，賀德林說，然後繼續往上爬。過了林木線，風景一無可觀像手腕的內側。岩石不動。名聲不動。名聲墜到他頭上，嘶嘶作響。

Short Talk on The Sensation of
Aeroplane Takeoff

淺談飛機起飛的快感

你知道嗎我懷疑這有可能是愛情它朝著我的生命
飛奔而來舉起雙臂大喊讓我們買了它吧這太划算
了！

Short Talk on My Task

淺談我的任務

我的任務是為世界扛起一些不能說的重任。有人好奇地旁觀。昨天清早日出時，比如說，你或許就看到我扛著紗布在防波堤上。我也扛了些不成熟的想法，一些普通的罪，或一些和你共犯墮落到現在的錯事。相信我，小跑步中的動物能恢復牠鮮紅心臟的紅。

Short Talk on Hedonism
淺談享樂主義

美讓我絕望。再也不管為什麼了我只想離開。看
到巴黎我就想用雙腿環抱它。看你跳舞有一種沒
心沒肝的巨大像一名水手在死寂的海。慾望圓滾
滾如桃子滋長在我內裡一整晚，我再也不撿那掉
在地上的了。

淺談國王與其勇

他帶著滿懷疑惑起床，想著該怎麼開始。轉過頭，看到一張床，床上放著石磨。往外，他看著世界，這當代最著名的實驗監獄。越過一排排酷刑柱他能看到，空。而他能看到。

Short Talk on Shelter
淺談庇護所

魚的心可以在牆上寫字，因為魚心含磷。魚吃磷。沿著河往下，有那種茅棚屋，而我正在寫，要寫得盡量讓你覺得荒謬，寫的是：離開時你把門換掉。你倒告訴我這寫得有多荒謬，字又亮了多久。說吧。

淺談你是誰

我想知道你是誰。大家都在談論荒野裡的召喚聲。舊約從頭到尾都有個聲音在召喚；不是上帝的聲音，是一個了解上帝心意的某某某的聲音。趁這時我正在癡等，你倒可以行行好——你到底是誰？

- 艾蜜莉・丁尼生（Emily Sellwood
  Tennyson, 1813-1896），英國桂冠
  詩人丁尼生（Alfred Tennyson, 1809-
  1892）之妻。曾為丁尼生詩譜曲，
  並與長子合寫丁尼生傳。
- 《安蒂岡妮 》（*Antigone*）。古希
  臘劇作家索福克勒斯（Sophocles, c.
  497-406 BC）的著名悲劇。劇中女
  主角安蒂岡妮是希臘神話中底比斯
  國王伊底帕斯（Oedipus）女兒。

Short Talk on Afterwords
淺談後記

後記最好像酒精棉，盡快從皮膚拿開。有例為
證：一七六五年五月二十日艾蜜莉·丁尼生的祖
母結婚當天日記全篇如下：

　　讀完《安蒂岡妮》。嫁給畢許。

譯序

淺談安·卡森——把語言逼到盡頭
◎陳育虹

安·卡森1950年出生於加拿大多倫多,高中時受拉丁語文老師啟蒙,對古希臘文學發生興趣。1981年以研究希臘女詩人莎弗獲多倫多大學博士學位,論文並延伸成她1986年出版的論著,《愛慾,苦甜之味》。她之後一直在學院教授古典文學、希臘戲劇、比較文學及創作,任職的院校包括普林斯頓大學;任課之外戮力創作及翻譯。

1992年她第一本詩作《淺談》結集,五十三篇散文詩,詩題從〈淺談智人〉、〈淺談雨〉、〈淺談倒著走〉到〈淺談分色主義〉,內容短則三、兩行,最長半頁多。這廣涉典故,亦詩亦論的跨文類書寫,成為她的創作特色:1995年的《玻璃,反諷與神》、1996

年的《清水》、1998年《紅的自傳》等，都保留了相似風格。2005年《去創作》一書，她進一步加入戲劇。2010年為悼念亡弟而寫的《夜》則是一大盒書，書頁未裁，狀似手風琴或伸縮梯，可以拉開、闔起；書中素材包括照片、信、手稿、畫及剪貼，並以她譯註的古羅馬詩人卡特拉斯（Catullus, 84-54 BC）悼念亡弟的長詩貫穿其間。2016年的《浮》是一個透明塑膠盒，裝了二十二本薄薄的、主題不同的散文／詩冊頁，方便單篇抽取閱讀。

除了十五部創作，卡森另有六種希臘古典文學譯作，包括《艾勒克特拉》、《否則，冬天：莎弗殘篇》、《傷痛課：尤里畢德斯劇本四部》等。這些著作譯作為她贏得了英、美、加各國不同的文學大獎，比如艾略特文學獎、藍能文學獎、葛瑞芬文學獎，以及世界筆會翻譯獎。

2015年《淺談》重新出版，刪掉八篇，添加了一篇導讀及一篇新版後記。這譯本即來自這個新版。

　　　　　　　＊　＊　＊

　九〇年代我因為需要莎弗的資料，找到安・卡森
《愛慾，苦甜之味》，而同時買了《淺談》。這本瘦
長的詩集夾在書店滿架子的書中間，說實話，還真不
起眼（出版時它也確實沒引起太多注意）；但等到翻
開書，我有點吃驚：這一則則詩不像詩的「淺談」，
似乎有點深奧。開篇第一首〈淺談智人〉就讓人矇
了：

　用細刀工，克羅馬儂男人在他的工具把柄上記
下月亮的每個面貌，一邊刻，一邊想著她。一些動
物。地平線。水盆裡的臉。經常故事說到某個節骨
眼，我就矇了，說不下去了。我恨那個節骨眼。這
就是為什麼大家叫說故事的人盲人──一個笑柄。

　文章裡有一個說故事的「我」，一個故事中的克羅
馬儂男人。

說故事的人在說克羅馬儂男人的故事。男人一邊工作，一邊想著一個女人。他記下月亮的圓缺——已經多久沒見到她了呢？他應該是個很感性的人。月亮，動物，地平線……他會注意到這些。

　　他（一個人類始祖）和她的故事應該可以這樣順著說下去，但說故事的人故事卻說不下去了。不知該怎麼說了。為什麼？

　　說不清故事的困窘，讓「我」自覺是笑柄，是「盲人」，有盲點，有點盲。這也有典故：西洋文學史上第一位說故事人，兩部古希臘史詩《伊利亞德》及《奧德賽》的作者詩人荷馬（c.800-701 BC），就是個盲人，史稱「盲眼詩人」。

　　在典故的顛覆與自嘲中，〈淺談智人〉是不是暗藏了卡森對前輩睨睨的仰望，甚至自我期許？而在那中斷的克羅馬儂人故事裡，我們，百萬多年後的我們，是不是仍然讀到自己的人生與愛欲，一些重複著繼續著無以為繼的故事？

* * *

在《淺談》中很多篇，我讀到卡森對弱勢的同情。

〈淺談戴門醫生的解剖課〉寫1656年一個鬧饑荒的寒冬，小裁縫黑燕偷竊布商未遂，先上了絞刑台，再上了解剖台，最後當了林布蘭寫實名畫〈戴門醫生的解剖課〉的主角。在那幅「粗暴的正面透視角度的畫裡」，黑燕的「光腳丫幾乎要碰到他被劈開的大腦」，而戴門醫生一邊動刀，一邊「動手把左腦右腦像頭髮般往兩邊分」。

黑燕有個親密的妓女情人歐姬。「我們不清楚歐姬到底有沒有看到過那幅畫」卡森說。

這是一個真實事件。小賊，絞刑台，解剖台，亂葬崗。當時這樣的事似乎理所當然。在布商，法官，醫生，甚至畫家眼裡，黑燕只是一個罪犯，處死後，他的身體是還有最後利用價值的可用之「物」。身處社會最底層，他做為「人」的基本尊嚴和情感是完全沒人在乎的。卡森看到了這赤裸的不平等。

〈淺談安眠石〉一篇寫的是法國雕刻家卡蜜兒‧克勞岱。克勞岱曾是法國雕刻大師羅丹視為天才的學生、工作夥伴、多件作品的繆斯、及親密情人。在失去愛情、親情又欠缺藝術發展機會的憂鬱中，她被詩人外交官弟弟送進精神病院，一住三十年求助無門直到老死。

　　卡森說克勞岱在病院拒絕雕刻，但到了「夜裡，她的手會長大，愈長愈大直到相片裡那雙手看來像別人的器官，擺在她膝蓋上」。卡森筆下的克勞岱以「沉默」反抗那限縮她身體和創作的困境。卡森對雕刻家雙手超現實的描述，不僅反映出克勞岱現實際遇的荒誕，也呈現了克勞岱精神世界的不安。

　　值得一提的是：2017年三月法國政府在克勞岱成長的小城，塞納河邊的諾郡（Nogent-sur-Seine），為她設立了專屬於她的「卡蜜兒‧克勞岱美術館」，收藏她遺世的七十件大理石和銅雕作品，她的雕塑才華、想像力和藝術原創性終於得以更完整地呈現。

　　〈淺談夏綠蒂〉寫的也是女性創作者：

勃朗特小姐、艾蜜莉小姐和安妮小姐經常在禱告後放下女紅，三個人前腳跟後腳繞著起居室桌子走動，走到近十一點。艾蜜莉小姐一直走到她再也走不動。她死後，安妮小姐和勃朗特小姐繼續走——現在，一聽到勃朗特小姐走動我就心痛，聽她繼續走，一個人。

夏綠蒂是英國文壇勃朗特三姊妹中的長姊，《簡愛》的作者。她的大妹艾蜜莉是《咆哮山莊》的作者；小妹安妮是《荒野莊園的房客》作者。三姊妹相依為命，在日常操作之外相互砥礪努力創作，寫詩，寫小說，用筆名發表作品以免引人側目。艾蜜莉與安妮在兩年內相繼去世，留下夏綠蒂獨自走未完的人生，和寫作，之路。卡森以三姊妹規律拘謹的生活：一起做女紅、禱告、繞著桌子走動走動，輕描淡寫她們之間的親密，以及，相對於她們對創作的投入，她們與物質世界的距離。在卡森疏冷的筆觸裡，夏綠蒂

最後的身影就這樣留了下來。

* * *

卡森談男人女人。卡夫卡和菲莉絲交往了五年，「卡夫卡喜歡把錶撥快一個半鐘頭。菲莉絲每次都把它調回去。」他們終究沒結婚。卡夫卡後來進了療養院，不敢開口說話，「在整個地板上寫滿了玻璃句子。其中一句是：菲莉絲太空洞了。」〈淺談修正〉

〈淺談何處旅行〉裡，卡森寫愛情如廢墟（或反之？）「撞了毀了」卻一直在那兒，「光線朝著它墜下」。心裡永遠的廢墟。不是廢墟或許就是茅草棚。有牆，牆上能留字（能遮風避雨嗎？）；沒有門，隨時可以走人。〈淺談享樂主義〉一篇，她寫忍不住的情慾：「看你跳舞有一種沒心沒肝的巨大像一名水手在死寂的海……」

卡森也談親子關係。短短幾十字的〈淺談駱馬〉，卡森藉「神話般的動物」駱馬能適應火山烈日，寫讓

女兒們心驚膽顫的父親。〈淺談希薇亞‧普拉斯〉則寫不願深入問題，也不了解女兒的母親。而如果作品不免有作者的影子，〈淺談週日和老爸吃晚飯〉那個拿啄木鳥頭標本當菸灰缸，言語霸凌的爸爸就透露了卡森無奈的家庭關係。

都是些最平常不過的人世間事，而卡森寫來含蓄耐讀，像帶著天青瓷的釉光；這光澤來自她幽微的情感，冷凝的觀察，簡約的筆調，脫俗的切入點。

這些特質，或許和她的繪畫根柢有關。《淺談》裡有多篇提到畫家。〈淺談分色主義〉寫點彩畫派秀拉「逮到我們急慌慌穿過那綠得發涼的陰影像是姦夫淫婦……」；〈淺談透視法〉說立體畫派布拉克反對透視法，因為「想完全占有他的對象」；而當梵谷「看著世界，他看到釘子，把顏色釘上物體的釘子。他看到釘子的痛」〈淺談梵谷〉。絕對主觀投入的情感，絕對客觀抽離的敘述；彷彿親暱，其實遙遠；彷彿透明，其實隔閡。這些，成就了卡森文字的張力與魅力。

＊　＊　＊

從來不受制於文類或形式，卡森善用古籍典故，藉著活潑的想像，將之融入創作，變造新局。曾有訪談者問她，怎麼想到把古希臘詩人史德西科若斯（Stesichoros, 630-555 BC）或歷史學家修昔底德（Thucydides, 460-400 BC）與美國作家萬楚・史坦及維吉尼亞・吳爾芙[1]相提並論？她說寫作時她的思考經常游移在桌上的五本書、五個字或五個構思之間，試著聯結它們，讓字句一行行往下走，一個字抗拒下一個字，每個字走自己的路。作品只是思考的產物，她說，她享受的，是思考。

因為一貫淡漠極簡的文字，以及典故的隨處拈用，卡森的作品常給人神祕、抽象、疏離、難以捉摸的印象；但她說唯其無法掌握，人才會繼續思考，她寧願一切保持不確定。2016年美國極負眾望的文學評論人西佛布拉特[2]在「藍能文學訪談」中說：喬伊斯[3]依賴

大量資料完成了《都柏林人》的「有」，貝克特4藉著
削減資料完成了《等待果陀》的「無」，而卡森則能
讓「有」、「無」共存互生。

　把語言逼到盡頭，安·卡森說，是她的創作目標。

1 維吉尼亞·吳爾芙（Virginia Woolf, 1882-1941），英國散文、小說
　家。
2 西佛布拉特（Michael Silverblatt, 1952- ），美國文評家。書評節目
　《書蟲》（*Bookworm*）創臺至今之主持人。
3 喬伊斯（James Joyce, 1882-1941），愛爾蘭詩人、小說家、文評家。
4 貝克特（Samuel Beckett, 1906-1989），愛爾蘭小說家、劇作家、劇
　導。

安·卡森著作年表

・創作

《愛慾，苦甜之味》*Eros the Bittersweet*, 1986

《淺談》*Short Talks*, 1992

《玻璃，反諷與神》*Glass, Irony and God*, 1995

《清水》*Plainwater*, 1995

《紅的自傳》*Autobiography of Red*, 1998

《子遺之為用：同讀西蒙奈德斯與保羅策蘭》*Economy of the Unlost:Reading Simonides of Keos with Paul Celan*, 1999

《男人下班時》*Men in the Off Hours*, 2000

《丈夫之美》*The Beauty of the Husband*, 2001

《去創作》*Decreation*, 2005

《夜》*Nox*, 2010

《安蒂岡妮》*Antigonick*, 2012

《紅色檔案>》*Red Doc>* , 2013

《不如否決》*Nay Rather*, 2014

《艾柏婷習題》*The Albertine Workout*, 2014

《浮》*Float* , 2016

・譯作

《厄勒克特拉》*Elektra*, 2001

《否則，冬天：莎弗殘篇》*If Not, Winter: Fragments of Sappho*, 2002

《傷痛課：尤里畢德斯劇本四部》*Grief Lessons: Four Plays by Euripides*, 2006

《奧瑞斯提亞》*An Oresteia*, 2009

《伊菲格妮雅在牛島百姓中》*Iphigenia among the Taurians*, 2014

《酒神的女祭司：尤里畢德斯》*Bakkhai: The Bacchae by Euripides*, 2017

國家圖書館預行編目資料

淺談 / 安．卡森(Anne Carson)著 ; 陳育虹譯.
-- 初版. -- 臺北市 : 寶瓶文化, 2020. 07
　面 ; 　公分. -- (Island ; 302)
譯自 : Short Talks
ISBN 978-986-406-197-6 (平裝)

873. 51　　　　　　　　　　　　109009409

Island 302

淺談 *Short Talks*

作者／安・卡森（Anne Carson）
譯者／陳育虹

發行人／張寶琴
社長兼總編輯／朱亞君
副總編輯／張純玲
資深編輯／丁慧瑋　編輯／林婕伃
美術主編／林慧雯
校對／林婕伃・陳佩伶・劉素芬・陳育虹
營銷部主任／林歆婕　業務專員／林裕翔　企劃專員／李祉萱
財務主任／歐素琪
出版者／寶瓶文化事業股份有限公司
地址／台北市110信義區基隆路一段180號8樓
電話／(02) 27494988　傳真／(02) 27495072
郵政劃撥／19446403　寶瓶文化事業股份有限公司
印刷廠／世和印製企業有限公司
總經銷／大和書報圖書股份有限公司　電話／(02) 89902588
地址／新北市五股工業區五工五路2號　傳真／(02) 22997900
E-mail／aquarius@udngroup.com
版權所有・翻印必究
法律顧問／理律法律事務所陳長文律師、蔣大中律師
如有破損或裝訂錯誤，請寄回本公司更換
著作完成日期／一九九二、二〇一五年
初版一刷日期／二〇二〇年七月二十四日
初版二刷*日期／二〇二〇年十月二十一日
ISBN／978-986-406-197-6
定價／二七〇元

AQUARIUS

愛書人卡

感謝您熱心的為我們填寫，
對您的意見，我們會認真的加以參考，
希望寶瓶文化推出的每一本書，都能得到您的肯定與永遠的支持。

系列：Island 302　書名：淺談

1. 姓名：_____　性別：□男　□女

2. 生日：_____年_____月_____日

3. 教育程度：□大學以上　□大學　□專科　□高中、高職　□高中職以下

4. 職業：_____

5. 聯絡地址：_____

　　聯絡電話：_____　　　手機：_____

6. E-mail信箱：_____

　　　　　　□同意　□不同意　免費獲得寶瓶文化叢書訊息

7. 購買日期：_____ 年 _____ 月 _____日

8. 您得知本書的管道：□報紙／雜誌　□電視／電台　□親友介紹　□逛書店　□網路

　　□傳單／海報　□廣告　□其他

9. 您在哪裡買到本書：□書店，店名_____　□劃撥　□現場活動　□贈書

　　□網路購書，網站名稱：_____　　□其他_____

10. 對本書的建議：（請填代號　1. 滿意　2. 尚可　3. 再改進，請提供意見）

　　內容：_____

　　封面：_____

　　編排：_____

　　其他：_____

　　綜合意見：_____

11. 希望我們未來出版哪一類的書籍：_____

讓文字與書寫的聲音大鳴大放

寶瓶文化事業有限公司

（請沿此虛線剪下）

寶瓶文化事業有限公司　　收

110台北市信義區基隆路一段180號8樓

8F,180 KEELUNG RD.,SEC.1,

TAIPEI.(110)TAIWAN R.O.C.

（請沿虛線對折後寄回，謝謝）